MALÉDICTIONS
D'UN
VIEILLARD

PREMIÈRE SATIRE

DÉDIÉE A

L'ASSEMBLÉE ANTI-NATIONALE DE 1871

Hommage aux Défenseurs de Paris Républicain

PAR

AMAND BERTHELON

Au nom du *Créateur* et de *toutes les mères*,
Dont les larmes de sang bénissent nos colères...
Au nom de la *Nature* et de l'*Humanité*...
De l'Univers jugeant votre férocité...

Monstres, je vous maudis dans votre âme cynique !...
Mort à la royauté ! Vive la République !

EN VENTE

CHEZ TOUS LES LIBRAIRES
50 centimes

MAURICE MIÉGE, ÉDITEUR

1871

38431

MALÉDICTIONS

D'UN

VIEILLARD

PREMIÈRE SATIRE

DÉDIÉE

A L'ASSEMBLÉE ANTI-NATIONALE DE 1871

Hommage aux Défenseurs de Paris Républicain

PAR

AMAND BERTHELON

JACET.

.... Depuis vingt ans la haine
Dont vous nous abreuvez déborde notre cœur,
L'homme s'est fait... lion... et Paris n'a plus peur.

L'inceste et l'adultère ont peuplé vos familles ;
Thiers vous dira comment on épouse ses filles,
Et l'Histoire de France, honteuse de nos rois,
Vous dira que le crime est père de nos lois.

Nous voulons la COMMUNE en toute liberté...
Ses franchises... ses droits, mais avec loyauté...

Nous voulons, en un mot, être maitres chez nous,
Sans le concours honteux de valets tels que vous.

A. B. SATIRE.

EN VENTE

CHEZ TOUS LES LIBRAIRES

50 centimes

MAURICE MIÉGE, ÉDITEUR

1871

LA RÉPUBLICAINE

PREFACE

COMMUNE DE PARIS

Républicains... écoutez ma parole :
J'aime à le croire, elle me vient de Dieu ;
La Liberté fut toujours mon idole ;
Ainsi que vous, pour elle *j'ai fait feu!*...
Mais cependant, il faut bien vous le dire,
Et vous le dire avec sincérité :
Caressez-la d'amour, *mais sans délire,*
Si vous l'aimez... la sainte Liberté.

Elle ressemble à belle et jeune femme
Dont la vertu provoque notre cœur ;
Elle veut bien se donner de toute âme
A notre amour, mais c'est avec pudeur.

Le moindre écart et la blesse et l'outrage ;
Il ne faut pas déflorer sa bonté...
Tout en aimant, *elle veut être sage.*
Ainsi le veut la sainte Liberté.

Caressons donc, amis, avec sagesse,
La République... *amour dans Liberté,*
Si nous voulons exiler la détresse
De la Patrie et de l'Humanité.
Trop exiger de la nature même,
C'est violer les lois de la raison.
Protégeons tous la Liberté que j'aime :
C'est l'avenir qui veille à l'horizon!

Mai 1871.

Amand **BERTHELON**.

MALÉDICTIONS

D'UN

VIEILLARD

DÉDIÉES A

L'Assemblée ANTI-NATIONALE de 1871

PREMIÈRE SATIRE.

Près de donner mon être au secret du tombeau,
Brisé... presque vieillard... et mourant par lambeau,
Au nom du CRÉATEUR, j'écris, dans ma colère,
A vous tous... scélérats qui sentez la panthère,
Que vous avez vendu ce que donne le Ciel :
L'âme... le cœur... le sang qui font le vrai mortel.

Non, non! vous n'avez plus ce sang, ce cœur, cette âme
Qui nous viennent de Dieu...

                     Tout en vous est infâme !

Les Tarquin, les Néron, les tigres, les serpents,
Auprès de vous, messieurs, ne sont que des enfants,

Et tous les criminels dont vos lois font... *mélanges*,
A côté de vous tous, ne sont plus que des anges.

Je cherche, cependant, quel peut être le feu
Qui dessèche vos cœurs, jusqu'à renier Dieu ;
Car enfin, mettre à mort, *par plaisir... et quand même*,
N'est-ce pas renier sa puissance suprême ?.....

Je ne vois rien... non... rien... qui peut justifier
Le droit que vous prenez : « CELUI D'ASSASSINER ! »

Mais, veuillez, s'il vous plaît, dire quels sont les crimes
Que le peuple a commis, pour tant... tant de victimes ?

Dites-moi, *Messeigneurs*, au nom du Dieu puissant,
Pourquoi vous avez *soif* de sa mort... de son sang ?...

LE PEUPLE EST TRAVAILLEUR !...

Il produit la richesse
Qui vous sert à cacher votre ignoble bassesse,
Et sans laquelle, enfin, la honte de vos mœurs
Graverait sur vos fronts ses stigmates vengeurs.

C'est le Peuple qui fait le vêtement qui couvre
Votre corps *tortillard*... qui fit fortune *au Louvre ;*
Et c'est le Peuple aussi qui bâtit les châteaux
Où dorment... ORGIA... *victimes et bourreaux.*

Le pain que vous mangez sort de la main du peuple,
Qui produit *tout*, pendant que votre esprit dépeuple ;
Et sans ce peuple fort qui vous donne sa sueur,
Vos cadavres dorés tomberaient sans vigueur.

Squelettes délabrés... TOUS... usés avant l'âge,
Vous n'êtes que, déjà, des êtres sans courage ;
Excepté pour jouer vos rôles de vaurien,
Que seriez-vous donc sans le Peuple?... RIEN!... RIEN !!!

Pas de roi sans sujet... de bourreau sans victime...
La chaîne qui nous lie est sévère et sublime ;
Faite des bras du Peuple et de l'esprit de Dieu,
Devant ce Peuple TOUT, à bas les Richelieu !

Nous, nous aimons autrui... l'amour de la famille,
La liberté quand même, *ou dorée, ou guenille;*
Et nous ne désirons que liberté... chez nous,
Sans aller la chercher... dans votre antre... chez vous.

De quels droits donc, alors, imposez-vous silence,
Au domaine sacré de notre jouissance ?...

NOUS VOULONS LA COMMUNE *en toute liberté...*
Sa franchise, ses droits, mais avec loyauté ;
Nous voulons gouverner nos mœurs, foyer, finance,
Tout au moins à l'égal des villages de France ;
Nous voulons, en un mot, être maîtres chez nous,

Sans le concours honteux
                    DE VALETS TELS QUE VOUS !...

Vous nous avez appris ce que coûte... UN EMPIRE ;
Mais votre *règne*, à vous, nous serait cent fois pire.

Des vices du passé vous nourrissez vos cœurs ;
Dans la fange des cours vous puisez vos ardeurs ;
L'inceste et l'adultère ont peuplé vos familles ;
Thiers vous dira comment on épouse ses filles,
Et l'histoire de France, honteuse de nos rois,
Vous dira que le crime est père de nos lois.

Ah !... c'est par ces raisons, et mille autres encore,
Que nous voulons broyer l'hydre qui nous dévore ;
Et malheur... oui, malheur aux hommes égarés
Qui ne répondent pas aux vœux des fédérés,
Cette voix qui convie à la loi naturelle,
Et qui, sans le clergé, serait universelle ;
Oui, malheur... et malheur à leur absurdité !...
C'est chasser les bienfaits de toute liberté
Que dédaigner un droit si naturel... si sage ;
C'est aimer, c'est chérir les fers de l'esclavage.

NOUS VOULONS que nos fils aient de l'instruction
Libre d'hypocrisie et de religion.
Il faut à l'homme un Dieu... *non du jésuitisme,*
Monstrueux créateur du tigre-despotisme.

Le Dieu de la nature et de l'humanité
Est celui qui nous donne : Amour et Liberté;
Tandis que le *Très-Haut* que nous donnent les prêtres
Est le Dieu des tyrans, des judas et des traîtres.

Ils l'ont fait à leur taille en le créant d'horreurs...

Un Dieu doit être bon, aussi bon que ses fleurs,
Et le montrer jaloux, méchant, haineux, colère,
C'est prouver le *métier* qu'ils en font sur la terre.

Laissons la Conscience en pleine liberté,
Et ne devançons pas l'âge de puberté...
Alors que nos enfants auront l'expérience,
Ils choisiront leur Dieu, selon leur conscience.

Nous ne voulons donc plus que l'or de nos travaux
Engraisse ces cafards qui se jouent de nos maux.

Qu'ils se fassent payer par *leurs chers... imbéciles*,
Qui, sans doute, ont profit à leur rester dociles...
Assez!...

      L'homme en sa foi doit être respecté ;
C'est ainsi que nos cœurs aiment la liberté.

Le clergé, les tyrans, les traîtres et les lâches
Ont vomi sur nos fronts de dégoûtantes taches;

Il n'appartient qu'à nous, à nous peuple haï,
De *laver* les horreurs de qui nous a trahi...
Il n'appartient *qu'à nous* de relever la France
De l'abîme infernal où LA SAINTE-ALLIANCE (1)
L'a de nouveau plongée ; et pour ça, *Messeigneurs,*
Nous ne voulons ni rois, ni prêtres, ni seigneurs.

VOILA, quant à présent, en toute plénitude,
Ce que veut aujourd'hui

LA VILE MULTITUDE.

Si c'est là notre crime et le grave motif
Qui font que vous voulez submerger notre esquif,
Vous devriez savoir que très souvent *le chêne*
Est moins fort qu'un roseau.

Depuis vingt ans la haine
Dont vous nous abreuvez déborde notre cœur.....

L'homme s'est fait LION, *et Paris n'a plus peur ! ! !*

Nous savons aujourd'hui la valeur de nos forces,
Et, quel que soit le fiel *de vos assassins corses,*
Vous tomberez quand même au pouvoir du *carcan :*
Le drapeau qui vous cache est celui de Sedan !...

---

(1) L'anagramme de *Sainte-Alliance est Sainte-Canaille.*

Avant QUATRE-VINGT-NEUF, des mille ans d'esclavage
Nous avaient mis au cœur la justice et la rage...

Nobles, prêtres et rois suscitent la Terreur,
Qui, de QUATRE-VINGT-TREIZE, amena le malheur.

Vous marchez aujourd'hui sur leurs traces sanglantes;
La mort que vous donnez est des plus révoltantes,

Vous ne savez donc pas que le peuple éclairé
Ne veut plus de *héros au cœur dénaturé?...*

Tout ce qui sent le loup, le tigre, la panthère,
N'a plus place au soleil qui féconde la terre...
Et lorsqu'un peuple entier brûle ses échafauds,
C'est vous dire, je crois,

         QU'IL CHASSE SES BOURREAUX;
Mais c'est vous dire aussi *quelle est notre pensée,*
Car à la Liberté notre âme est fiancée !!!

Le grand Napoléon a trahi notre foi,
Et son orgueil a mis la France en désarroi;

Le roi Louis-Philippe a fait la *bourgeoisie,*
Sorte d'hermaphrodite et sœur d'hypocrisie,
Qui sut nous endormir;

         MAIS NAPOLÉON TROIS,
Plus monstre à lui tout seul qu'ensemble tous les rois,

A noyé dans le sang, avec la tyrannie,
Le dernier grincement de notre ignominie;
Et nous nous relevons, nous, peuple de géants,
Pour crier : Guerre à mort, à vous tous *fainéants,*
Qui dormez sans soucis, abrités par notre ombre,
Jouissant des bienfaits de nos travaux sans nombre,
Et qui, pour nous payer de nos constants labeurs,
Nous traitez en forçats du haut de vos Grandeurs.

Nous voulons du travail et non plus des ministres,
Des sénateurs, des pairs, des évêques, des cuistres
Qui mangent nos moissons, notre argent et nos sueurs,
Et nous traitent de gueux, de pillards, de voleurs;

Nous voulons des enfants donnés par une épouse,
De ces petits chéris dont notre âme jalouse
Cherche à créer un tout de Dieu, de notre cœur,
Pour les pétrir encor d'amour et de bonheur;
Mais non pas des enfants *que vos caprices volent*
Pour faire des martyrs que nos tyrans immolent;
Car nous avons assez *des Forbach, des Sedan,*
Où vous avez gagné *vos croix de charlatan...*
Où vous avez perdu *votre honneur, et la France*
Que vous voulez courber sous votre omnipotence!...

Si nous voulons la vie et l'air à pleins poumons,
Nous les voulons sans vous, exécrables démons!

Lâches qui tous avez trahi notre Patrie,
Et vendu par morceaux notre France chérie !

Il faut donc en finir avec vous, scélérats,
Qui cachez vos bourreaux sous l'habit des soldats !
Plus qu'en Quatre-vingt-neuf, plus qu'en Quatre-vingt-treize
Votre pouvoir sanglant nous dévore et nous pèse.

Vous avez attaqué le peuple inoffensif,
Ce peuple qui, jamais, ne fut vindicatif...
Ce peuple vous répond, dans sa juste colère,
Sous les baisers sacrés et d'épouse et de mère :
Comme en QUATRE-VINGT-DOUZE, il jure de mourir
Pour sauver la Patrie et vous anéantir.

Il ne redoute pas vos canons... vos mitrailles ;
Les siens crachent aussi le feu des représailles.,
Il tient à vous prouver *que, sans tous vos vauriens,*
Il aurait triomphé des soldats prussiens.

OH ! LA POSTÉRITÉ, qui toujours fait justice
Des traîtres... des héros... des vertus et du vice,
Vous réserve une page où vos petits enfants
Liront, de vos forfaits, les succès triomphants.

Ils liront, *en pleurant,* l'histoire de la guerre,
Qui creuse le tombeau de l'honneur de leur père,

Puis ils le *maudiront*, ce père sans pudeur
Qui trahit ses devoirs au profit d'un *sans cœur*...
Aux dépens de la France... affreusement vendue,
Car ils l'ont tous livrée, et non pas défendue.....
Mais leurs pleurs, quoiqu'amers, n'effaceront jamais
La honte enracinée à leurs hideux forfaits !...
Et la postérité dira *les hauts faits d'armes*
Qui causent cette honte et font couler nos larmes !!!...

PENDANT CINQ MOIS ENTIERS, prisonniers dans Paris,
Nous avons tous soufferts, *à vos ordres soumis;*
Malgré le froid... la faim... malgré la maladie,
Nous étions aussi forts
                              Que votre perfidie...
Nous n'avons pas bronché d'un pas dans le malheur,
Et nous tous... l'arme au bras... la rage dans le cœur,
Nous vous avons priés... de toutes nos entrailles,
De nous guider au feu... sur des champs de batailles
Nous aurions vaincu nos trop fiers ennemis,
Mais on nous enchaînait prisonniers dans Paris !...

De marcher aux combats, GÉNÉRAUX DE VERSAILLES,
Vous avez donc eu peur? C'est pour cela... CANAILLES,
Que vous nous avez tous vendus aux Prussiens,
Juges de votre gloire... et des Parisiens.
Oui, vous avez eu peur des hordes allemandes,
Et, comme des Bédouins qui se sauvent par bandes,

Vous avez déserté les dangers des combats :
Vous êtes des fuyards... et non pas des soldats.

Aujourd'hui, *dans le sang de la guerre civile,*
Vous cherchez à *laver votre honneur de reptile ;*
Mais la France, bientôt, voyant la vérité,
Crîra : VIVE PARIS ! MORT À LA LACHETÉ !

Car, pendant que la mort décimait nos familles...
Tandis que nous vendions nos dernières guenilles
Pour sauver nos enfants des horreurs de la faim,
Dans nos *palais flétris* vous nous cachiez le pain.

Les farines, par vous, étaient *accaparées*
Au profit des *couvents ;* et toutes les denrées
Subissant, par vos soins, un seul et même sort ;
Paris se vit souffrir la famine et la mort !

Cependant nous étions là, *tous...* et sous les armes,
Prêts à vaincre ou mourir pour la Patrie en larmes !
Mais on n'a pas voulu nous donner du canon !...
A nos cris de vaillance on nous répondait : « NON,
« Il n'est pas temps encore !... Attendons nos armées ;
« Mecklembourg est battu ; ses troupes affamées
« Refusent de combattre et veulent des secours... »

Et ce... pendant cinq mois, cinq mois d'horribles jours...
Cinq mois de désespoir ! cinq mois de vaillants songes ..

Cinq mois de trahisons et cinq mois de mensonges !...
Pendant lesquels LES GUEUX qui nous répondaient : NON,
Mendiaient notre argent pour fondre du canon !...

Comme au temps de Philippe, au règne méprisable,
Ils votaient ces canons pour les manger à table (1).
Et si notre énergie en reproches tonnait,
Mazas ou le fusil réglait notre forfait.

C'est ainsi qu'en Janvier d'héroïques victimes,
Sur la place de Grève, ont vu *punir* leurs crimes ;
C'est ainsi que, marchant de Charybde en Scylla,
Ces braves ont fini par crier :

               « HALTE-LA !...

« Paris n'a plus de pain !... Paris, il faut te rendre ! »
Nous rendre ?

        OH ! SCÉLÉRATS !

              IL EUT FALLU LES PENDRE !

Paris était vendu ;

            Ses forts étaient livrés
PAR CES BRIGANDS FRANÇAIS, CES VALETS DÉCORÉS !

Et ce sont ces héros qui voudraient la puissance
Pour sauver la Patrie et pour venger la France !...

---

(1) Vers de Barthélemy, *Némésis* :
    Ils volent des budgets et les mangent à table.

A nous, à nous, Judas... sodomite-Escobar...
Ne laissons pas tomber le drapeau de *César*...
Don Quichotte a passé dans la peau de Cartouche,
Robert Macaire existe et *l'infamie accouche !*

Cache-toi, mon soleil aux célestes splendeurs,
Et dérobe à nos yeux ce noir tissu d'horreurs !

La France ensanglantée aux mains des Bonaparte
N'a pas pu se défendre ou finir comme Sparte ;
Il faut que son malheur lui serve de drapeau,
Ou qu'elle vive, hélas, pour mourir par lambeau.

Ses enfants, effrayés *d'une sotte panique,*
Méconnaissent la voix de notre République ;
Nos *vaillants généraux* n'étaient que des *marchans,*
Les hommes du pouvoir ne sont que charlatans,
Qui sacrifient le peuple au profit d'un fantôme :
Celui de convertir la Patrie en royaume.

Ils devraient bien savoir que toute royauté
S'est rendue impossible, *et que la dignité*
Des princes d'Orléans leur interdit la France,
S'ils ont du cœur français et de la conscience.

Le comte de Chambord est pour nous moins que rien ;
Le comte de Paris *a du sang prussien*

Dans les veines...

        Son oncle a plongé son épée,

Dans le sein de la France...

             AH! SI CETTE ÉPOPÉE

A jamais parricide est un titre de plus

Aux fils des d'Orléans, *qui ne sont pas Brutus*,

Que la RÉACTION prépare ses couronnes...

Qu'elle *lave pour lui* le dernier de nos trônes...

Qui n'a pas de pudeur, qui veut salir son nom,

A le droit d'y monter après Napoléon,

A moins que le bâtard de Louis Bonaparte

Des restes de Sedan nous impose la charte,

Amené par le fer des *Français–Prussiens;*

Mais, qu'ils y prennent garde, un peuple a ses moyens...

Tous les Jacques Clément ne sont pas dans la tombe,

Et, faute de voir clair, on trébuche et l'on tombe...

Dérision sanglante!... Imposer cet enfant,

Victime de son père, au Peuple triomphant...

Respect aux vérités!... *J'en appelle à sa mère,*

Cet enfant maudira les crimes de son père!!!

Mais ils n'ont pas, ces GRANDS qui font les spadassins,

Compris qu'en ce moment ils ne sont qu'assassins.

Eh quoi! c'est pour un *droit* que le peuple demande,

Droit que vous détestez, *droit* que le cœur commande,

Que sur Paris outré vous déchaînez la mort?..!

Je veux bien *supposer* que la Commune ait tort;
Dès qu'un droit naturel qui sent la République,
A toujours fait trembler votre cœur despotique,
Ce n'est pas un motif pour écraser Paris
De vos boulets royaux et de votre mépris.

Vos mépris... passe encor;
     Mais pousser l'artifice
Jusqu'à vous rendre aussi la Province complice
De votre crime atroce... avouez, *Messeigneurs,*
Que c'est porter la rage au comble des horreurs.

Non! non! vous n'avez pas,
     SAUVAGES DE VERSAILLES,
Droit de vie ou de mort!
     ... La loi des représailles
Dans toute sa rigueur plane sur votre sort;
Ses coups seront pour vous plus affreux que la mort:

Elle vous frappera dans vos cœurs... dans vos mères;
Elle anéantira vos amours les plus chères;
Vous verrez succomber sous toutes les douleurs
Vos filles et vos fils, vos femmes et vos sœurs;
Le vide se fera dans votre vie infâme,
Et vous ne serez plus que cadavre sans âme,
Traînant dans l'Univers le boulet des Caïn,
Teint du sang répandu par Choiseul de Praslin...

Et si jamais le ciel, en sa juste colère,
Conservait vos enfants, ils maudiraient leur père;
Car qui donc oserait, sans mourir de douleurs,
Porter vos noms salis et de sang et d'horreurs?

Vous n'agissez ainsi que pour sauver vos têtes...

Du peuple déchaîné vous craignez les tempêtes,
Car vous sentez en vous de ces remords cruels
Qui vous prouvent combien vous êtes criminels.
Vous éprouvez déjà cet horrible supplice
Que la nature inflige avec tant de justice
A ces monstres maudits qui se font un plaisir
De torturer un peuple et d'en faire un martyr.

Au nom du CRÉATEUR *et de toutes les mères,*
Dont les larmes de sang bénissent nos colères...
Au nom de la *Nature* et de l'*Humanité...*
De l'Univers jugeant votre férocité,

Monstres, je vous maudis dans votre âme cynique !...
Mort à la royauté... Vive la République !!!

Paris, 22 avril 1871.

LARMES

D'UN PRISONNIER

PENDANT L'INVASION PRUSSIENNE

ÉPITRE

A

FRANCELINE RUET

Écrire à son épouse en langue poétique
N'est certainement pas lui parler politique ;
Va donc, ô mon épître !... Oui, va jusqu'à son cœur
Lui porter mes pensers *d'espoir et de bonheur*...
C'est si doux d'épancher dans le cœur de sa femme
Les rêves d'avenir qui sourient à notre âme...
Hélas !... surtout alors que c'est d'une prison,
Loin du monde et des fleurs, loin d'un bel horizon,
Que ces rêves sont nés, comme naissent les roses,
Au milieu de ces nuits qui disent tant de choses.

Comprends-tu, Franceline, un cœur tel que le mien
Broyé dans cet étau : *de ne pouvoir plus rien ?*...
Te savoir à Paris, au milieu de l'orage...
Et moi dans ma prison !.. ma douleur, c'est la rage ! ! !

J'entends le bruit lointain du canon meurtrier !
Qui m'arrache du cœur mon espoir tout entier ;
Tout croule autour de moi... la vie et l'espérance...
Tout l'Univers entier s'engouffre avec ma France !
Et cependant, mon Dieu, tu n'as pas de ton ciel,
De par ta volonté, retiré ton soleil !...
Tu n'as pas condamné le cœur de la nature
A devenir un champ de vaste sépulture !...
Et pourtant cet abîme entr'ouvert sous nos pas
Ne laisse plus de doute aux horreurs du trépas !...

Et moi, je ne puis rien pour ma belle Patrie...
Rien... lorsqu'on t'assassine, ô ma France chérie !...
Je suis tenu captif sans être criminel,
Et réduit à néant, comme un lâche mortel !...

Je maudis mes bourreaux !...   Mon âme tout entière
Des malédictions a vomi la dernière !...
Eh ! quoi de plus horrible et de plus douloureux,
Etre là... dévoré par ce vautour affreux
Que l'on nomme le doute,...

Enfer... incertitude...
Qui nous montre la mort, sinon la servitude ?...

Anathème sur ceux qui m'ont rendu captif...
Ils crouleront quand même, et mon fragile esquif
Survivra, je l'espère, à ce désastre inique.
J'AI MES PRESSENTIMENTS... VIVE LA RÉPUBLIQUE !

Ah ! ce cri de mon cœur a rajeuni mon sang !...
J'ai besoin de venger tout un monde innocent,
Tombé sous les *valets* du monstre Bonaparte.

O temps si vénéré de la superbe Sparte,
Temps où le cœur de l'homme, aussi grand que ses Dieux,
Embellissait la vie et la mort à leurs yeux...
Renais pour ma Patrie et verse dans son âme,
De ces transports ardents dont le feu nous enflamme,
Et qui donnent toujours de ces mâles vertus
A nos cœurs, qui jamais peuvent être vaincus !

Des Héros surgiront de ce grand cataclysme !...
Pour moi-même, j'y vois le beau reflet d'un prisme
Qui promet à mes vers des triomphes certains...
Ma muse n'a rêvé qu'au bonheur des humains !!!

Courage donc, amie, aux chaînes de la France
Succédera bientôt, ah ! j'en ai l'espérance,

Un splendide avenir de sages Libertés,
De gloires, de bonheurs et de félicités.

L'enfantement se fait :

                Alors qu'un trône croule
L'esprit des libertés s'empare de la foule ;
De là de ces terreurs et de ces ouragans
Qui soufflent la tempête au milieu de nos camps ;
Mais bientôt tout s'apaise en face la sagesse ;
Chacun reprend sa place au soleil de Lutèce,
Et Paris qui se compte arbore ses drapeaux,
Qui protégent la France et chassent ses bourreaux.

Malgré le sang français qui bouillonne en mes veines,
Je n'ai pu partager les périls et les peines
Du Peuple qui combat ces lâches Prussiens,
Soldats maîtres dans l'art des voleurs assassins.

Ah ! pour eux la victoire était plus que facile,
Et la défense était même plus qu'inutile...
Mais, bien qu'on eût vendu notre noble drapeau,
Ils n'ont pu l'arracher que lambeau par lambeau ;
Et si Napoléon n'eût livré notre France,
Ils se seraient brisés contre notre vaillance.

Je tremble de colère en voyant ces malheurs,
Et malgré moi mes yeux se mouillent de mes pleurs !...

Si, dans des temps meilleurs, j'ai, malgré la mitraille,
Secouru les blessés sur les champs de bataille (1),
Hélas !... comme avec toi, malgré balles... boulets,
J'aurais bravé la mort pour soigner nos Français.

Aussi, je les maudis dans ma pensée amère,
Et je les maudirai jusqu'à l'heure dernière,
Tous ceux qui m'ont plongé dans la captivité...
Tous ceux qui m'ont volé ma chère Liberté,
Et qui sont cause enfin que mon bras énergique
N'a pas pu prendre part à la lutte héroïque.

Mais Dieu me réservait une autre mission :
Un Juvénal français manque à ma nation...
Peut-être suis-je né pour combler ce grand vide :
D'écraser Loyola tout mon cœur est avide !!!

Ah ! j'ai droit de le dire avec sincérité,
Puisque la République exige vérité :
Oui, c'est l'hypocrisie et le jésuitisme...
C'est ce tigre-serpent... l'infâme fanatisme,
Qui teint de notre sang tout ce vaste univers !...

J'en atteste l'histoire en ses plus grands revers...
J'en atteste ton cœur, ô ma femme chérie !...

---

(1) En Amérique, guerre de l'Indépendance.

J'en atteste tes maux, ô ma pauvre Patrie !...
C'est l'œuvre des Judas, distillant leurs poisons,
Qui trahit notre France et peuple les prisons...
C'est cette hydre infernale... à l'âme vile... impure,
Qui jette un deuil affreux dans toute la nature...
C'est ce monstre inhumain qui sème le malheur
Partout où nos amours parlent avec le cœur,
Et surtout avec l'âme ardente et poétique,
L'âme du Créateur et de la République !!!

Si mes vœux sont acquis à ce gouvernement,
C'est que j'espère en lui sagesse et dévoûment,
Ce n'est plus par le fer qu'on gouverne les hommes ;
Il faut de la sagesse en ce siècle où nous sommes,
Si nous voulons enfin conjurer nos revers
Et voir la France encor Reine de l'Univers.

Puisse *la Providence* exaucer ma prière,
Et la paix renaîtra dans tous les lieux sur la terre !...

L'utopie est la tombe où le peuple s'endort...
Mais trop de liberté peut nous donner la mort.
La liberté sans frein n'est plus qu'une licence ;
Il faut de la droiture et de la conscience,
Si nous voulons atteindre à la félicité
Selon les lois du cœur et de l'humanité.

Telle est la mission que mon vers satirique
Épouse en saluant ma jeune République ;
Et si mon fils, un jour, pouvait suivre mes pas,
J'arriverais heureux aux portes du trépas.

Adieu, ma chère amie, adieu, mon ange même ;
Reçois mille baisers de ma bouche qui t'aime ;
Accepte-les pour plaire à mes franches amours ;
Tout mon cœur te les offre, il t'aimera toujours.

Août 1870.

HONNEUR AU GÉNIE

HOMMAGE A LA MÉMOIRE

DE

BÉRANGER

Si Dieu disparaissait des surfaces des mondes...
Si du soleil si beau les lumières fécondes
S'éteignaient pour jamais, j'expirerais heureux !
Mais alors que je vois, sous la voûte des Cieux,
S'abîmer un Grand-Homme... un grand cœur... un Génie,
Je soupire et je pleure et je maudis la vie !...
Car enfin, moi, j'existe... et Béranger n'est plus !...
Il n'est plus... O douleurs !... ô regrets superflus !...
Et moi... pauvre martyr... ici-bas sur la terre...
Moi qui n'ai pour bonheur que courage et misère,
Je vis encore... encore !... et Béranger si beau
N'a plus d'autre soleil que la nuit du tombeau !!!

Mais, ô mon Dieu !... pourquoi retirer de ce monde
Un cœur si vertueux... une âme si profonde,
Cette source divine où tout mortel puisait
Des consolations que ma muse épousait ?...
Pourquoi donc donnas-tu l'amour et l'harmonie,
Tout ce qui constitue et Nature et Génie,
A ce Dieu né de toi... de ta création,
Pour en faire un cadavre ?... Oh !... malédiction !!!...

Mais pardon !... Tout me dit, et d'une voix puissante :
« Si Béranger n'est plus, sa belle âme pensante
« Rayonne sur le front de l'Univers entier,
« Qui pleure à tout jamais l'illustre chansonnier.
« Il est vrai que la mort a frappé ce grand homme,
« Digne des plus grands noms de la superbe Rome ;
« Mais malgré son trépas il existe toujours ;
« NATIONAL POÈTE, un monde a ses amours. »

France, console-toi !... Béranger vit encore !
Des bouts de l'Univers, du couchant à l'aurore,
Les peuples béniront ce poëte immortel,
Que la Seine a vu naître et mourir sous son ciel.
Et toi... Destin... merci !...

                    Par ta toute-puissance
Tu lui fis son berceau dans le sein de la France...
Tu lui donnas pour mère, avec la Vérité,
Un principe immortel... la sainte Liberté ;

Liberté douce et pure, imposante et sévère,
Liberté qu'il sema dans tous lieux, sur la terre,
Par de simples couplets, de modestes chansons
Qui donnent aux méchants de mordantes leçons.

Oui !... pendant qu'il chantait, d'une voix amoureuse,
Sa Bonne Vieille aimée, et sa Lisette heureuse ;
Son cher petit Oiseau... (désir du prisonnier),
Puis son *Vieux Vagabond...* son vieillard chansonnier,
Puis tant d'autres chansons où sa belle nature
Épanchait les beautés d'une âme calme et pure,
Son satirique vers, bravant le préjugé,
Immolait sur l'autel l'hypocrite clergé ;
Il terrassait du prêtre et l'arrogance extrême,
Et de ses dogmes faux, brisant l'arche quand même,
Il faisait rejaillir sur le trône des Rois
Les débris des faux Dieux teints du sang de la croix.

Ce ne sont plus des pleurs... ce ne sont plus des larmes
Qu'il faut à Béranger, poète plein de charmes,
De justice et d'amour, dont le vers souffletait
Roi... Prêtre... Magistrat... Injustice et Valet ;
Il lui faut des autels, un temple, *une colonne,*
La France... l'Univers lui bâtissant un trône
Aussi grand que son cœur, sa vie et ses chansons,
Trône qui servira pour toujours de leçons
A ces Grands *si petits*, que le hasard fit naître
Henri-Cinq ou Judas... aristocrate ou traître...

Atômes couronnés... Autocrates... Tyrans,
Ces *Demi-Dieux* bâtards... ces Héros-charlatans...
Ces monstres sans pudeur qui *volent la puissance*
Pour vendre par lambeaux les Gloires de la France!!!

Béranger... sur la tombe où repose ton cœur
Je dépose, *en pensée*, un baiser... une fleur...
Une larme d'amour pour toi, pour ta Lisette
Que la France chérit... que l'Univers regrette.

AMAND BERTHELON.

(REPRODUCTION.)

Nouvelle-Orléans, 1er Janvier 1858.

Paris-Lyon, LEFEBVRE, Pais du Caire, 87-89.

AMAND BERTHELON

Sous presse

2e SATIRE

TRAHISONS !... TRAHISONS !... TRAHISONS !...

89 — 1830 — 48 — 1870 et 1871

3e SATIRE

LA VERGE D'AARON

Au Pape Pie IX et à ses adulateurs.

4e SATIRE

LA PROVINCIALE

5e SATIRE

PRÊTRES & RELIGIEUSES

Au pilori.

MÉMOIRES D'UN PARIA FRANÇAIS

2 volumes in-8°

DIX ANNÉES DE VOYAGES EN AMÉRIQUE

ARGENCIADES TROYENNES

SATIRE

www.ingramcontent.com/pod-product-compliance
Lightning Source LLC
Chambersburg PA
CBHW060909180626
46818CB00004B/1890